Les chatons magiques

Une photo parfaite

L'auteur

La plupart des livres de Sue Bentley évoquent le monde des animaux et celui des fées. Elle vit à Northampton, en Angleterre, et adore lire, aller au cinéma, et observer grenouilles et tritons qui peuplent la mare de son jardin. Si elle n'avait pas été écrivain, elle aurait aimé être parachutiste ou chirurgienne, spécialiste du cerveau. Elle a rencontré et possédé de nombreux chats qui ont à leur manière mis de la magie dans sa vie.

Dans la même collection

1. *Une jolie surprise*
2. *Une aide bien précieuse*
3. *Entre chats*
4. *Chamailleries*
5. *En danger*
6. *Au cirque*
7. *À l'école de danse*
8. *Au concours d'équitation*
9. *Vagues de paillettes*
10. *Vacances enchantées*
11. *Pluie d'étincelles*
12. *De toutes petites pattes*
14. *À la piscine*

Collector (tomes 1 à 4)

Vous avez aimé

les chatons magiques

Écrivez-nous
pour nous faire partager votre enthousiasme :
Pocket Jeunesse, 12, avenue d'Italie, 75013 Paris

Sue Bentley

Les chatons magiques

Une photo parfaite

Traduit de l'anglais par Christine Bouchareine

Illustré par Angela Swan

POCKET JEUNESSE
PKJ·

Titre original :
Magic Kitten – Picture Perfect

Publié pour la première fois en 2007
par Puffin Books, département de Penguin Books Ltd, Londres.

À Mowgli, mon gratouilleur gris et blanc

Loi n° 49-956 du 16 juillet 1949 sur les publications
destinées à la jeunesse : février 2010.

ISBN 978-2-266-19840-0

Avis de recherche

As-tu vu ce chaton ?

Flamme est un chaton magique de sang royal, et son oncle Ébène est très impatient de le retrouver.
Flamme est difficile à repérer, car son poil change souvent de couleur, mais tu peux le reconnaître à ses grands yeux vert émeraude et à ses moustaches qui grésillent de magie !

Il est à la recherche d'un ami qui prendra soin de lui.

Et s'il te choisissait ?

Si tu trouves ce chaton très spécial, merci d'avertir immédiatement Ébène, le nouveau roi.

Prologue

Le jeune lion blanc courait dans les hautes herbes, le nez au vent, heureux de sentir la bonne odeur de la terre rouge brûlée par le soleil. Que c'était bon de retrouver son pays natal !

Soudain un terrible rugissement retentit.

— Ébène !

Une énorme silhouette noire surgit d'un buisson d'épines. Flamme s'arrêta net. Il savait bien que c'était imprudent de revenir. Il ne fallait pas que son oncle le voie. Il devait trouver une cachette, et vite !

Un éclair illumina la vallée et, dans une pluie de paillettes, le jeune lion blanc se transforma en un minuscule chaton chocolat au poil angora. Le cœur battant la chamade, Flamme s'aplatit sur le sol et fila se cacher derrière un arbre mort.

Une patte gigantesque, plus grosse que lui, surgit de nulle part et le souleva.

Flamme étouffa un cri de terreur tandis qu'elle le poussait sous un tas de branchages. Son oncle Ébène l'avait attrapé ! Il était perdu !

Mais une tête affectueuse au museau balafré se pencha sur lui.

— Prince Flamme, que je suis content de vous voir ! Hélas, vous avez mal choisi votre moment pour revenir.

Flamme poussa un soupir de soulagement en reconnaissant son fidèle ami.

— Oh, mon bon Cirrus ! J'espérais que mon

oncle serait prêt à me rendre le trône qu'il m'a volé.

Cirrus secoua la tête avec tristesse.

— Il ne vous le rendra jamais. Il ne renoncera jamais à régner. Et il a de nouveau lancé ses espions à votre recherche.

Les yeux d'émeraude de Flamme lancèrent des éclairs.

— Alors je vais tout de suite l'affronter !

Le vieux lion sourit, découvrant ses dents usées.

— Je reconnais bien votre courage ! Mais il est trop fort pour vous. Gardez ce déguisement et retournez vous cacher dans l'autre monde. Vous reviendrez quand vous aurez grandi en force et en sagesse. Vous pourrez alors libérer votre royaume de ce tyran.

Soudain l'affreux lion noir tourna la tête vers l'endroit où le vieux Cirrus et Flamme se cachaient.

— Flamme ! Sors qu'on en finisse ! rugit-il.

Il banda ses muscles et s'élança vers eux, ses pattes puissantes martelant la terre sèche.

— Vite, partez, Flamme ! supplia Cirrus.

Un scintillement parcourut le pelage du minuscule chaton. Flamme poussa un petit gémissement tandis qu'il rassemblait ses forces. Et il se sentit tomber… tomber… tomber…

1

M. Dufour agita son magazine en éventail devant le visage d'Ariane. Les cheveux courts de sa fille volèrent.

— Papa ! Arrête ! C'est le meilleur moment. Les extraterrestres vont s'emparer de la Terre ! protesta-t-elle, les yeux rivés à la télévision.

— Vu le temps que tu passes devant tes films de science-fiction, ils ont déjà dû s'emparer de ton corps ! plaisanta-t-il en lui posant le magazine sur les genoux.

— Très drôle !

Avec une grimace, elle mit le lecteur de DVD sur « pause ». Puis elle regarda l'article que son père avait entouré au feutre noir.

— *La municipalité organise un grand concours de photographie animalière réservé aux enfants*, lut-elle à voix haute. *Premier prix : un appareil photo numérique. Nombreux lots pour les suivants.*

M. Dufour sourit en voyant une lueur s'allumer dans le regard de sa fille à la mention du premier prix.

— Je savais que ça t'intéresserait ! Alors, tu vas t'inscrire ?

Ariane haussa les épaules.

— À quoi bon ? Mon vieil appareil ne marche plus.

— Je te prêterai le mien, si tu veux. Et je pourrais aussi te donner quelques conseils pour réussir de belles photos.

— C'est vrai ?

— Ta classe va bien en excursion à la réserve naturelle des Trois-Étangs vendredi prochain ? Ça me paraît l'endroit rêvé pour faire de magnifiques clichés !

— Vous savez quoi ? les coupa une voix enthousiaste. J'ai été sélectionnée pour rejoindre l'équipe départementale de cross-country !

Ariane regarda sa sœur qui déboulait, toute joyeuse, dans le salon en secouant sa queue-de-cheval blonde.

Avec ses douze ans, Claire était son aînée de deux ans. Elle passait sa vie au club de sport. Ariane y était allée une fois, mais, comme les moniteurs ne semblaient s'intéresser qu'aux enfants très brillants, elle n'y avait plus remis les pieds.

— Bravo ! s'exclama M. Dufour avant de l'embrasser.

— Génial ! marmonna Ariane entre ses dents.

Claire courut jusqu'à une vitrine et contempla les coupes en argent qu'elle avait déjà remportées en tennis et en natation. Elle redressa les épaules et sourit fièrement, comme si un juge invisible lui passait une médaille autour du cou.

Ariane retint un ricanement. Claire était vraiment une frimeuse ! Cependant, elle ne pouvait s'empêcher de l'envier. Quelle injustice que sa sœur réussisse dans tous les sports alors qu'elle-même n'était douée pour aucun !

— Papa ? s'écria-t-elle, tout à coup décidée à montrer de quoi elle était capable, elle aussi. Tu étais sérieux quand tu proposais de me prêter ton appareil ?

— Évidemment. Je monte le chercher.

— Qu'est-ce que tu vas faire avec ? demanda Claire alors que leur père sortait du salon, un grand sourire aux lèvres.

Ariane lui parla du concours.

— Oh ! Eh bien, j'espère que tu prendras mieux soin de son appareil que de ses belles lunettes de soleil ! gloussa sa sœur.

Ariane rougit comme une tomate.

— Je n'ai pas fait exprès de m'asseoir dessus. C'était un accident.

— Ne me dites pas que vous êtes encore en train de vous chamailler ! protesta leur mère qui arrivait de la cuisine.

— Non, maman ! firent-elles en chœur.

— Hum ! Qui veut m'aider à préparer le dîner ?

— Désolée, papa doit me montrer comment me servir de son appareil photo, répondit Ariane. Mais je suis convaincue que Claire sera ravie de te donner un coup de main.

— Bien sûr, ajouta Claire d'une voix mielleuse.

Dès que leur mère eut disparu, elle tira la langue à sa sœur.

— Tu ferais mieux de laisser tomber ce concours ! Tu es incapable de t'intéresser à quoi que ce soit en dehors de tes films débiles d'extraterrestres aux yeux globuleux.

— Moi, je les trouve excellents. Et tu verras, je vais faire la photo du siècle. Ce n'est quand même pas sorcier de photographier des oiseaux ou des papillons !

Le vendredi matin, Ariane se rendit avec toute sa classe à la réserve des Trois-Étangs. Mme Morel, leur professeur, entreprit de répartir les élèves en trois groupes. Deux guides en pull vert et pantalon de treillis devaient la seconder.

— Pourvu qu'on ne se retrouve pas avec Mortadelle, murmura Max Mangin, le meilleur copain d'Ariane.

Elle sourit. Mme Morel était très gentille mais elle ne supportait pas les élèves chahuteurs comme Max.

L'une des guides s'approcha d'eux.

— Bonjour, je m'appelle Emma. C'est moi qui vais vous faire visiter la réserve, annonça-t-elle avec un grand sourire.

— Génial ! s'exclama Max, soulagé.

— Il paraît que votre école a décidé de participer au concours de photos de la municipalité. J'espère que vous avez tous pensé à apporter vos appareils, continua la guide en les entraînant dans le sous-bois. Si vous ouvrez bien les yeux, je vous promets que vous aurez l'occasion de réaliser de superbes clichés.

Alors qu'Ariane sortait son appareil de son

sac, elle remarqua que Max gardait les mains dans ses poches.

— Eh bien ? Tu l'as oublié ?

Il haussa les épaules.

— Non, ça ne m'intéresse pas. On n'a aucune chance de gagner ce concours de nullos s'il y a dix millions d'enfants qui y participent.

— Dégonflé ! Qui ne tente rien n'a rien !

— C'est moi que tu traites de dégonflé ! protesta Max.

Et il sortit son appareil.

Ils suivaient un sentier bordé d'arbres. L'air résonnait de chants d'oiseaux, et de jolies fleurs jaunes parsemaient le talus de chaque côté. Quand ils arrivèrent au bord de l'étang, Emma leur présenta différentes espèces de canards et d'oies.

Ariane alluma son appareil. Malheureusement, elle fut incapable de se souvenir sur quelle position il fallait régler le zoom !

« Papa m'a dit d'utiliser l'autofocus, mais où dois-je appuyer ? »

Elle entendit soudain des bruits d'éclaboussures. Deux cygnes couraient à la surface de l'eau en agitant leurs ailes puissantes.

— Oh ! Regardez comme ils sont beaux ! s'exclama Max, l'œil dans son viseur.

Un concert de déclics retentit autour d'Ariane. Tous ses camarades mitraillaient les deux cygnes aux grands pieds palmés. Elle tripota tous les boutons, affolée, et réussit enfin à braquer son appareil sur les deux oiseaux au moment où ils décollaient.

Mais, quand elle appuya sur le déclencheur, rien ne se produisit. Elle avait oublié de retirer le cache qui protégeait l'objectif!

— C'était fantastique, non? Je parie que j'ai pris des super photos! jubila Max.

— Moi, j'ai tout raté, soupira Ariane, exaspérée. Comme d'habitude! Je vais me promener seule pour m'entraîner un peu.

— Si tu veux.

Ariane descendit vers la berge. Elle découvrit un endroit ensoleillé entouré de roseaux, à l'abri des regards. Elle entendait Emma qui continuait ses explications.

— Là, vous avez un canard spatule que l'on reconnaît à son large bec, et derrière…

Ariane repéra un rouge-gorge sur une branche. Vite, elle pointa son appareil sur lui et appuya sur le bouton. Trop tard ! L'oiseau s'était envolé. Elle ne réussit à obtenir qu'une vue floue du buisson.

Elle n'eut pas plus de chance avec un colvert : il décida de plonger au dernier moment.

— Ce n'est vraiment pas facile ! grommela-t-elle.

Un magnifique canard noir et blanc sortit alors des roseaux et nagea doucement le long de la rive.

« La troisième fois sera la bonne », songea Ariane. Retenant son souffle, elle descendit à croupetons vers l'eau, l'œil collé au viseur. Soudain, son pied se prit dans une racine et elle s'étala de tout son long. L'appareil lui échappa des mains et dévala la pente. Il roula, roula et PLOUF ! disparut dans le lac.

— Papa ne me le pardonnera jamais ! gémit-elle.

Son moral baissa encore d'un cran quand elle imagina la mine radieuse de sa sœur apprenant ce désastre.

C'est alors qu'un éclair l'éblouit. Une nuée de

paillettes s'abattit sur l'étang. Ariane, stupéfiée, vit son appareil émerger lentement de l'eau, voler jusqu'à elle et lui tomber dans les mains !

2

Ariane serra l'appareil contre elle, abasourdie. Que venait-il donc de se passer ?

— J'espère qu'il n'a pas eu le temps de s'abîmer, miaula alors une toute petite voix.

Ariane pivota d'un bond.

— Qui est là ? Qui a dit ça ?

— Moi, répondit la même voix.

Elle aperçut alors, en haut de la pente, perché sur un tronc d'arbre, un minuscule chaton angora marron, aux grands yeux d'émeraude.

Elle le dévisagea bouche bée.

— C'est… c'est toi qui viens de parler ?

Il hocha la tête.

— Oui, je suis le prince Flamme. Et toi, comment t'appelles-tu ?

— Ar… Ariane Dufour, bégaya-t-elle.

Le chaton agita ses petites oreilles.

— Je suis ravi de faire ta connaissance, Ariane. J'arrive de très, très loin.

— Tu viens d'une autre galaxie ! s'exclama-t-elle. Et je parie que tu as un horrible alien de la planète Zarg à tes trousses !

— Non, je ne connais pas ces gens-là. Ce sont les espions de mon oncle Ébène qui me poursuivent. Je suis en danger de mort ! ajouta-t-il d'une voix tremblante. Ébène m'a volé le trône du Lion et il veut me tuer pour le garder.

Ariane écarquilla les yeux d'étonnement. Maintenant qu'il n'y avait plus d'étincelles dans son pelage, Flamme ressemblait à un chat terrien. Avec sa belle fourrure couleur chocolat, ses immenses yeux verts et ses petites oreilles en pointe, c'était même le plus joli chaton qu'elle eût jamais vu.

— Le trône du Lion ? Ce ne serait pas plutôt le trône du Chaton ? demanda-t-elle en riant.

— Je vais te montrer !

Flamme redressa fièrement sa petite tête. Il y eut un nouvel éclair, puis, dans une nuée de paillettes, il sauta du tronc.

— Oh ! s'exclama Ariane en clignant des yeux.

Quand elle les rouvrit, le chaton avait disparu. À sa place se tenait un magnifique lionceau tout blanc. De minuscules points lumineux brillaient comme des milliers d'arcs-en-ciel dans sa fourrure soyeuse.

Ariane bondit en arrière.

— C'est toi, Flamme ? demanda-t-elle en louchant avec inquiétude sur ses crocs acérés et ses énormes pattes.

— Oui, n'aie pas peur, répondit-il d'une belle voix de velours.

Et, sans laisser à Ariane le temps de s'habituer à son nouvel aspect, Flamme reprit son déguisement de chaton.

— Waouh ! Tu es vraiment un lion royal ! s'écria Ariane, émerveillée.

Flamme vacilla et elle s'aperçut brusquement qu'il tremblait comme une feuille.

— Je dois me cacher de toute urgence. Tu veux bien m'aider, Ariane ?

Elle sentit son cœur fondre. Sous sa forme de jeune lion, il était terrifiant et impressionnant, mais, en chaton, elle le trouvait adorable.

— Quelle question ! Viens, je te ramène à la maison. Tu y seras en sécurité.

Elle le prit dans ses bras et Flamme se mit à ronronner dès qu'elle caressa sa jolie petite tête aux longs poils.

Le chaton se raidit en entendant un bruit dans les roseaux. Quelqu'un approchait.

— Je parie que c'est Max. Ne t'inquiète pas, c'est un ami. Il ne va pas le croire quand je vais lui raconter ton histoire !

— Non ! Personne ne doit connaître mon secret, la supplia Flamme, très sérieux. Tu dois me promettre de ne rien dire.

Ariane était déçue de ne pas pouvoir partager sa merveilleuse découverte avec Max. Mais la sécurité du chaton passait avant tout.

— D'accord. Je tiendrai ma langue...

Elle n'avait pas fini sa phrase que Max apparaissait.

— Ça y est ? Tu arrives à faire fonctionner ton appareil ?

Il écarquilla les yeux en découvrant Flamme.

— D'où tu sors ce chaton ?

— Je viens juste de le trouver. Il m'a dit qu'il s'appelait Flam…

Ariane s'arrêta net en s'apercevant qu'elle avait failli trahir son secret.

— Euh, je veux dire que je l'ai baptisé Flamme, se reprit-elle aussitôt. Comme on est à des kilomètres de toute habitation, ce doit être un chat errant.

Max caressa les petites oreilles duveteuses.

— Il est trop mignon. Et j'adore le nom que tu lui as choisi. Si jamais tu ne veux plus le garder, donne-le-moi.

— Désolée, ça ne risque pas d'arriver ! répondit-elle en serrant le chaton contre elle.

Max sourit. Puis il ajouta brusquement en fronçant les sourcils :

— Mortadelle ne te laissera jamais l'emporter dans le car. Elle a des yeux derrière la tête.

— Je vais le cacher dans mon sac à dos. Et il restera bien sage jusqu'à la fin des cours. Hein, mon chaton ? dit-elle en ouvrant son sac.

Flamme hocha la tête Il sauta dans le sac et se coucha en boule sur les cahiers.

Max poussa un sifflement admiratif.

— Voilà un chat intelligent ! On dirait qu'il comprend tout.

Ariane se mordit la lèvre pour ne pas sourire. Max ne croyait pas si bien dire !

— Au revoir. Bon week-end ! lança Ariane quand ils se séparèrent au coin de la rue.

— Nous partons ce soir chez ma grand-mère, annonça Max. Nous ne nous reverrons pas avant lundi ! Je passerai te chercher pour aller à l'école. Prends bien soin de Flamme.

— C'est promis !

Ariane poursuivit sa route, elle tenait son sac dans ses bras pour secouer le chaton le moins possible.

— Je suis rentrée ! cria-t-elle à la cantonade en arrivant chez elle.

Assise dans la cuisine devant un verre de lait et des gâteaux, Claire lisait un magazine.

— Salut ! marmonna-t-elle sans lever la tête.

— Où est maman ?

— Partie faire les courses. Elle ne devrait pas tarder.

— Je te présente Flamme, continua Ariane.

Et elle sortit le chaton de sa cachette.

— Qui ça ?

Claire leva vers elle un regard blasé, mais son intérêt s'éveilla dès qu'elle aperçut Flamme.

— Oh, qu'il est mignon ! À qui est-il ? roucoula-t-elle en le gratouillant sous le menton.

— À moi ! répondit fièrement Ariane. C'est un chat abandonné et il va vivre ici !

Le sourire de Claire s'évanouit.

— Tu rêves ! Souviens-toi quand j'ai voulu un petit chien, l'année dernière. Papa et maman ont dit qu'il serait malheureux, seul toute la journée. C'est aussi valable pour les chats.

Le cœur serré, Ariane réalisa que Claire avait raison. Elle reposa doucement Flamme dans son sac et repartit vers la porte d'entrée.

— Je reviens tout de suite. Je ne serai pas longue.

— Où vas-tu ? lui demanda Claire d'un air soupçonneux, mais Ariane refermait déjà la porte.

La fillette s'éloigna, cherchant désespérément une solution. Il n'était pas question qu'elle abandonne son nouvel ami !

— Je ne peux pas t'amener chez Max, il est parti, soupira-t-elle. Et à présent que Claire t'a vu, je ne peux plus te cacher dans ma chambre.

— Mais si ! s'écria Flamme. Je vais utiliser mes pouvoirs magiques de manière à ce que tu sois la seule à me voir et à m'entendre.

Ariane s'arrêta net.

— C'est vrai ? Tu es capable de te rendre invisible ? Alors tu peux vivre avec moi sans que personne le sache, même pas ma sœur. Super !

Elle revint chez elle en courant. Pendant son absence, sa mère était rentrée. Elle rangeait les courses dans la cuisine avec Claire.

— Je viens de dire à maman que tu avais trouvé un chat ! annonça celle-ci de but en blanc.

— Quel chat ? demanda Ariane d'un ton innocent.

— Celui que tu m'as montré et que tu voulais garder !

— Voyons, Ariane, tu sais ce que nous pensons des animaux à la maison…, commença sa mère d'une voix ferme.

— Je sais. Et je… je t'ai fait marcher, Claire. C'était le chat de Max, ajouta-t-elle, prise d'une inspiration subite. Je viens juste de le lui rapporter. Je t'ai bien eue ! Bon, maintenant, je monte faire mes devoirs.

Vite, elle s'engouffra dans l'escalier avant qu'on ne lui pose trop de questions.

— Tu m'as fait passer pour une débile, mais tu me le paieras, sale petite morveuse ! cria Claire du bas des marches.

— Ça t'apprendra à ne pas savoir tenir ta langue ! rétorqua Ariane.

Une fois dans sa chambre, elle fit un nid douillet à Flamme sur sa couette.

— À présent, tu es en sécurité. Même si Claire appelle chez Max pour savoir la vérité, personne ne lui répondra. Je suis tellement contente que tu viennes habiter avec moi !

— Moi aussi, je suis heureux.

Sur ces mots, le chaton se mit à pétrir la couette avec ses petites pattes et à ronronner très fort.

3

— Comment s'est passée ta sortie aux Trois-Étangs ? demanda M. Dufour quand Ariane redescendit chercher discrètement un morceau de poisson pour le dîner de Flamme.

— Très bien. La guide qui nous a fait visiter la réserve était très sympa. Et nous avons vu plein d'oiseaux, surtout des canards.

— Si tu me montrais les photos que tu as prises ? Tu t'es souvenue de mes explications sur le zoom et l'autofocus ?

— Je crois que j'ai tout mélangé.

Elle partit chercher l'appareil à contrecœur.

— Mes photos ne sont pas très bonnes. J'ai encore besoin de m'entraîner..., murmura-t-elle en revenant dans le salon.

Claire se leva d'un bond et lui arracha l'appareil des mains.

— Voyons voir ! dit-elle en courant se jeter sur le canapé, à côté de leur père.

D'un pas traînant, Ariane passa derrière eux pour regarder par-dessus leurs épaules. Son père fit défiler les clichés.

— Oh, le beau buisson ! se moqua Claire. Et quel joli bout d'étang ! C'est ravissant ! Quelle artiste !

Ariane se mordit la lèvre de dépit. Elle n'avait réalisé que deux photos et elles étaient aussi ratées l'une que l'autre. Elle pouvait difficilement expliquer qu'elle était bien trop excitée par sa rencontre avec Flamme pour penser à en prendre d'autres.

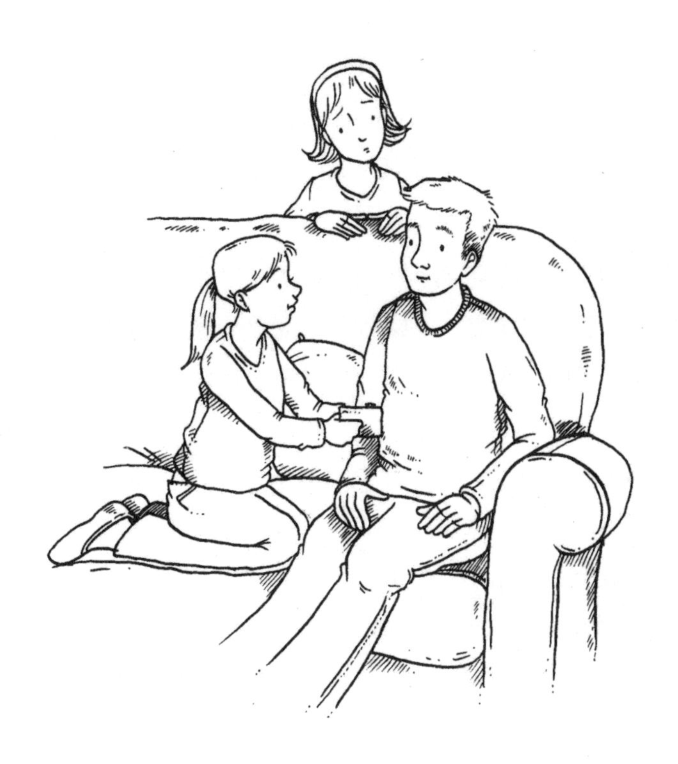

— Tu es sûre que tu tenais l'appareil dans le bon sens ? la nargua sa sœur.

— Tu n'as qu'à y participer, toi, au concours, puisque tu réussis tout ! protesta Ariane, les mains sur les hanches.

— Calmez-vous, les filles, les interrompit doucement M. Dufour. Ne te décourage pas, Ariane. Ça demande du temps de s'habituer à un nouvel appareil. Mais je t'ai rapporté quelque chose qui nourrira ton inspiration, ajouta-t-il en se dirigeant vers la porte. Je suis passé chez André et Annie à mon retour du travail.

C'étaient l'oncle et la tante préférés d'Ariane. Ils étaient passionnés de nature et possédaient un immense jardin avec une grande pelouse, un étang et une douzaine de mangeoires pour les oiseaux. Son père leur avait emprunté une pile de magazines animaliers. Il les lui tendit.

— Tiens ! dit-il.

— Oh, merci, papa ! C'est génial ! Je vais monter tout de suite dans ma chambre pour les regarder.

— Comme si ça allait changer quoi que ce soit ! ricana Claire.

À cet instant, Mme Dufour entra dans le salon en agitant ses clés de voiture.

— Tu es prête pour aller à ton club, Claire ?

— J'arrive ! À plus tard, tout le monde !

Claire ramassa son superbe sac de sport et partit au pas de course.

Ariane grimpa l'escalier à toute vitesse. Flamme venait de terminer son souper. Assis sur le tapis, il se léchait les moustaches. Elle s'allongea à côté de lui pour feuilleter les magazines.

— Ces clichés sont magnifiques ! Regarde celui-là, Flamme !

La photo de la souris des bois était d'un tel réalisme que le chaton sauta sur la page pour l'attraper.

— On dirait qu'elle est vivante, hein ? Et

regarde ce coucher de soleil, et ce coquelicot en gros plan ! C'est drôle comme on peut mettre en valeur des choses toutes simples. Tiens, ça me donne une idée ! Viens, Flamme, on va faire un tour.

Flamme jeta un regard interrogateur à la fillette en la voyant se lever d'un bond.

— Où ça ?

— Je vais demander à papa la permission d'aller m'entraîner un peu.

Cinq minutes plus tard, elle prenait la direction du parc avec Flamme qui trottinait à ses côtés, visible d'elle seule.

Il faisait chaud. Des gens promenaient leur chien. Des garçons jouaient au football sur la pelouse. Quatre filles d'une douzaine d'années traînaient près du terrain de jeu.

Ariane chercha un sujet à photographier. C'est alors qu'elle aperçut un écureuil au pied d'un arbre.

Flamme l'avait repéré, lui aussi. Il hérissa ses poils et remua le derrière, prêt à bondir.

— Non ! Ne lui fais pas peur ! le supplia Ariane à voix basse. Je veux le photographier.

Le chaton poussa un miaulement déçu, mais il obéit. Ariane cadra l'écureuil dans son objectif. Au moment où elle appuyait sur le déclencheur, le petit animal sentit l'odeur de Flamme et grimpa dans l'arbre.

— Je l'ai raté. Ce n'est pas grave. Je vais essayer de faire quelques gros plans comme ceux que nous avons vus dans les magazines.

Elle prit quelques photos de pâquerettes et de trèfles, mais les fleurs ne l'inspiraient pas beaucoup.

Au moment où elle se redressait, elle remarqua que les quatre filles fonçaient sur elle.

— Prête-nous ton appareil ! lui jeta une grande blonde d'un air malveillant.

— Désolée, je ne peux pas. Il est à mon père.

— Et alors ? Il ne le saura pas, répliqua une autre.

— Elle a raison. Alors, passe-le-nous, ou on te le prend sans te demander ton avis, menaça la blonde.

Ariane sentit son estomac se serrer. Ces filles n'avaient pas l'air commode et elles étaient beaucoup plus grandes qu'elle. Inutile d'essayer de discuter !

— Je dois rentrer ! annonça-t-elle.

Et elle tourna les talons.

— Viens, lança-t-elle à Flamme.

Elle fourra précipitamment l'appareil dans son sac et partit en courant.

— Attends ! Reviens !

Ariane entendit un bruit de pas derrière elle. Les filles la poursuivaient. Elle traversa le parc à toute allure. Hélas, avec ses petites pattes, Flamme avait du mal à la suivre. Il finit par se laisser distancer. Heureusement elle s'en aperçut et fit demi-tour pour le prendre dans ses bras.

Mais les filles la rattrapaient !

Elle repéra un bosquet de chênes très dense au fond du parc. Elle piqua un sprint et vira soudain dans sa direction. Hors d'haleine, elle s'enfonça dans le bois et se dissimula derrière un énorme tronc.

Quelques secondes plus tard, elle entendit un bruissement de feuilles. Les quatre filles arrivaient près de sa cachette.

Elle sentit alors un picotement chaud lui parcourir le dos et les mains, tandis que la fourrure de Flamme scintillait et que ses moustaches crépitaient.

Il se passait quelque chose !

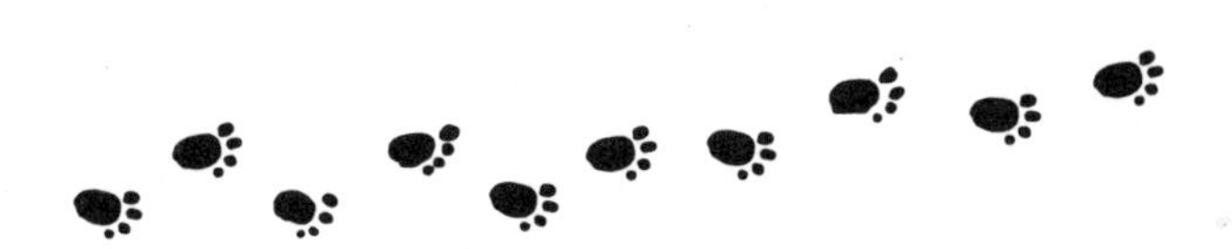

4

Le temps sembla s'arrêter.

Une nuée d'étincelles argentées enveloppa Flamme et Ariane et se mit à tourbillonner autour d'eux. La fillette eut l'impression de se retrouver dans une boule à neige. Un frisson la parcourut. Elle avait les bras et les jambes en coton. Elle voyait défiler devant elle à une vitesse vertigineuse l'écorce marron du tronc et les feuillages verts. Elle cligna des yeux de stupéfaction quand elle se retrouva perchée sur une grosse branche, tout en haut d'un chêne. Elle regarda autour d'elle et au-dessous le sol, à plusieurs mètres. Prise d'un étourdissement, elle se cramponna au tronc.

— N'aie pas peur, tu ne risques pas de tomber, je suis là, la rassura Flamme qui était couché sur une branche à côté.

À travers les feuilles, Ariane vit les filles qui la cherchaient en bas.

— Bon sang, où est-elle passée ? s'écria la blonde d'un ton exaspéré.

Les autres se grattèrent la tête sans comprendre.

Ariane, oubliant son vertige, étouffa un fou rire. C'était incroyable, ce qui lui arrivait !

De son perchoir, elle avait une vue magnifique sur le parc, les gens qui promenaient leur chien, les garçons qui jouaient au football, les enfants sur les balançoires.

Un nouveau nuage de paillettes l'enveloppa et elle eut encore l'impression que l'air sifflait à ses oreilles. Cette fois, elle atterrit sur la pelouse à l'autre bout du parc. Le chaton vint se frotter à ses jambes.

— Waouh ! C'était fantastique, Flamme ! s'écria-t-elle en le soulevant pour le caresser.

Ces affreuses n'ont rien compris à ce qui se passait. Je te remercie du fond du cœur.

— Je suis content d'avoir pu t'aider. Et moi aussi, je veux te remercier. Tu as été très courageuse de revenir me chercher alors qu'elles te poursuivaient.

— Je ne laisserai jamais personne te faire du mal. Mais on a intérêt à rentrer à la maison. Je n'ai aucune envie de retomber sur ces brutes. Remonte dans mon sac, je marcherai plus vite.

Flamme hocha la tête et reprit sa place. Il laissa juste sa tête dépasser de l'ouverture pour regarder le paysage sur le chemin du retour.

— Alors, tu as trouvé de belles photos à faire dans le parc ? s'enquit Mme Dufour quand Ariane entra dans le salon.

Sa mère venait de déposer Claire à son club et s'était installée devant la télévision pour regarder son jeu préféré. Son père lisait le journal. Il leva vers sa fille un regard interrogateur.

— Pas vraiment, mais je me suis bien entraînée, répondit-elle d'un ton décontracté.

Elle se retint de sourire. Quelle tête feraient ses parents si elle leur racontait qu'elle était allée se balancer au sommet d'un vieux chêne !

— Je vais me préparer un chocolat et lire un peu dans ma chambre avant de me coucher. Quelqu'un veut une boisson chaude ?

— Non, merci, ma chérie, répondit sa mère. Nous venons d'en prendre une. Je viendrai te dire bonne nuit dans un moment.

Ariane alla dans la cuisine. Elle remplit un bol de lait et le monta. Le chaton le lapa jusqu'à la dernière goutte avant de sauter sur son lit pour se rouler contre elle.

Ariane le caressa tout en feuilletant les magazines.

— J'aimerais tellement que tu restes pour toujours avec moi, murmura-t-elle, tout attendrie.

— Je me sens en sécurité ici, ronronna-t-il, les yeux plissés de bien-être.

Le lundi matin, après s'être préparée pour l'école, Ariane se tourna vers Flamme afin de lui faire ses recommandations de la journée.

— Tu vas rester sagement dans ma chambre…

Sans lui laisser le temps de finir sa phrase, le chaton sauta dans son sac à dos et lui sourit d'un air suppliant.

— D'accord, j'ai compris le message ! capitula-t-elle aussitôt.

Il était si craquant avec son sourire coquin qui laissait voir ses petites dents pointues !

— Tu es sûr que c'est une bonne idée ? repritelle. Tu vas avoir des tas d'enfants autour de toi. C'est peut-être un peu risqué, non ?

— Ne t'inquiète pas. Tu seras la seule à me voir, lui rappela-t-il.

— Alors on y va, répondit-elle, ravie de l'emmener.

Avec lui, l'école lui paraîtrait bien plus rigolote.

La sonnette de la porte d'entrée retentit.

— Max t'attend ! la prévint sa mère du bas de l'escalier.

Ariane dévala les marches.

— Merci, maman. À ce soir ! cria-t-elle avant de refermer la porte.

Elle se tourna vers Max.

— Comment va ta grand-mère ?

— Très bien. Et toi, ça s'est bien passé avec Flamme ? Tes parents ont accepté que tu le gardes ?

— Pas vraiment. Je... je leur ai dit qu'il était à toi, avoua-t-elle.

Il écarquilla les yeux d'étonnement.

— Mais pourquoi ?

— C'est la seule excuse que j'aie trouvée pour pouvoir le garder sans qu'ils le sachent. Surtout que je l'avais déjà montré à Claire. Et tu la connais...

Elle s'arrêta en voyant que Max ne comprenait rien.

— Écoute, tout ce que tu as besoin de savoir, c'est que ma famille croit que Flamme vit chez toi, alors qu'en fait je le cache dans ma chambre.

Le visage de Max s'illumina.

— Trop fort ! s'exclama-t-il, admiratif.

— Si jamais Claire t'en parle, n'oublie pas qu'il est à toi.

« Tout ça devient bien compliqué », songea-t-elle.

Elle avait horreur de mentir. En plus, elle finissait toujours par se trahir. Mais elle n'avait pas le choix si elle voulait protéger Flamme de ses ennemis.

— Bien, déclara Mme Morel quand elle eut terminé l'appel. Maintenant, sortez vos livres de biologie. Nous allons poursuivre notre travail sur la vie des animaux de nos campagnes. Je voudrais que vous fassiez l'exercice numéro quatre, page treize.

Ariane ouvrit son sac. Flamme en profita pour sauter sur son bureau, sans un bruit, et commença sa toilette. Ariane sourit. Et dire qu'elle était seule à le voir !

Quand elle releva la tête de son cahier de sciences, elle vit que Mme Morel avait accroché au mur un grand panneau d'affichage. Elle y avait fixé une grosse étiquette sur laquelle était écrit: « NOS PHOTOS DE LA NATURE ».

— Après la récréation, nous épinglerons vos œuvres. J'espère que vous avez tous pensé à les prendre.

— Je ne savais pas qu'il fallait les apporter, chuchota Ariane à Max.

— Elle nous l'a dit dans le car, au retour des Trois-Étangs.

— Ah bon ?

Elle devait être bien trop préoccupée par Flamme pour y faire attention.

Flamme sauta sur ses genoux.

— Tu as un problème ? s'inquiéta le chaton.

Elle le caressa discrètement sous son bureau.

— J'ai oublié les photos de la sortie. Pff! Je fais tout de travers en ce moment ! ajouta-t-elle en se mordillant nerveusement la lèvre.

— Ce n'est pas vrai, protesta-t-il. Tu es une amie merveilleuse.

— Oh, tu es trop gentil ! murmura-t-elle, tout attendrie.

La sonnerie annonçant la récréation retentit au même instant.

— Ouf! soupira Ariane. Allons vite dans la cour. Je parie que tu as hâte de te dégourdir les pattes.

Quand Flamme la suivit, elle ne remarqua pas la lueur coquine dans ses yeux.

5

Lorsque Ariane revint en classe, après la pause, elle entendit des élèves glousser devant le panneau d'affichage.

Flamme marchait devant elle, la tête bien droite, la queue en l'air, visiblement très content de lui.

« Que se passe-t-il ? » se demanda Ariane.

Elle poussa un cri. Le panneau était entièrement recouvert par un cliché de la taille d'une affiche. C'était un agrandissement d'une photo d'herbe, floue et mal cadrée, avec un minuscule écureuil effarouché dans un angle. En dessous, une étiquette indiquait : « Ariane Dufour. *L'écureuil dans le parc.* »

— Mais… mais d'où ça sort ? bredouilla-t-elle en reconnaissant son œuvre. Oh, non, ne me dis pas que c'est toi qui as fait ça, Flamme ?

Elle se tourna vers le chaton qui avait sauté sur le haut d'une bibliothèque : il avait l'air très fier de lui !

— Tu ne pouvais pas trouver une photo plus grande ? la taquina une de ses camarades.

— Ou plus nette, au moins ? ajouta une autre.

— Je voulais faire une blague ! mentit Ariane.

Et elle s'empressa de décrocher l'affiche.

Elle venait juste de la rouler et de la mettre dans son sac quand Mme Morel entra avec le reste de la classe.

— Silence, s'il vous plaît ! cria le professeur en tapant dans ses mains. J'aimerais que vous sortiez vos photos. Nous allons les accrocher.

Ariane recula vers le fond de la classe. Elle regrettait de ne pas être invisible comme Flamme.

Le chaton s'approcha d'elle.

— J'ai fait une bêtise ? demanda-t-il d'une petite voix ennuyée.

— Non, ce n'est pas grave. Je sais que tu voulais m'aider. Mais il faut que tu me laisses me débrouiller seule pour ce concours, sinon ce serait de la triche.

Le chaton hocha la tête.

— Je comprends.

Ariane regarda avec envie les autres élèves épingler leurs œuvres. Il y avait de très beaux clichés de canards, de cygnes, d'oiseaux sur les mangeoires et de grenouilles au bord de l'étang.

Max s'approcha du panneau parmi les derniers. Il fit un clin d'œil à Ariane tandis qu'il accrochait sa photo.

Son amie fronça les sourcils. Qu'est-ce qu'il mijotait ? Elle s'avança. C'était un pied nu !

— Ariane, où est ta… ?

Mme Morel s'arrêta net en voyant le cliché de Max.

— Maxime Mangin ! Je ne vois pas très bien le rapport entre ton pied et la nature..., remarqua-t-elle d'un ton sévère.

— Mais si, madame ! J'ai une mycose et maman a dit que c'était comme des champignons !

Ariane éclata de rire, bientôt imitée par toute la classe. Et on voyait bien que Mme Morel avait du mal à garder son sérieux.

— T'es dégoûtant ! protesta Ariane.

Mme Morel tapa dans ses mains pour ramener le calme.

— Très drôle ! Mais ce n'est pas en faisant le clown que tu remporteras un prix. Tu peux reprendre ton œuvre, Max.

— Ouf! Il s'en tire bien ! glissa Ariane à Flamme tandis que la leçon commençait. Et, grâce à Max, Mme Morel ne s'est pas rendu compte que j'avais oublié mes photos. Je l'ai échappé belle, mais il faudra que je prenne vite de bonnes photos si je veux avoir une chance de gagner le concours. Et il ne reste plus qu'une semaine...

Hélas, le samedi suivant, il pleuvait à torrents.

— Moi qui espérais qu'on pourrait aller se promener tous les deux. Tu veux qu'on regarde un épisode de *Stargate* ?

Flamme ne répondit pas. Dressé sur le rebord de la fenêtre, il essayait d'attraper une goutte qui ruisselait le long de la vitre.

Ariane sourit. On avait du mal à imaginer que ce chaton joueur était en réalité un lion majestueux.

Elle caressa tendrement sa petite tête marron.

— J'aimerais tellement que tu vives avec moi pour toujours.

— Je resterai aussi longtemps que je le pourrai, répondit-il en se frottant contre elle. Mais tu sais bien que tôt ou tard, il faudra que je retourne dans mon royaume pour reprendre mon trône, non ? ajouta-t-il doucement, la mine grave.

Ariane secoua la tête. Elle ne voulait pas y penser. Soudain, son visage s'illumina.

— Regarde ! Il ne pleut plus. On peut sortir faire des photos.

Flamme sauta sur son lit et atterrit sur les magazines. Avec un miaulement de surprise, il dérapa sur la couette et tomba sur la descente de lit.

— Ouille ! Tu ne t'es pas fait mal, j'espère ? s'écria Ariane en se retenant de rire pour ne pas le vexer.

Flamme s'ébroua. Il essayait de reprendre un air digne.

— Tout va bien.

Ariane se penchait pour ramasser les revues lorsqu'il lui vint une idée.

— Je sais où on va aller ! Chez mon oncle André et ma tante Annie. Ils ont un jardin fabuleux avec toutes sortes d'animaux. Je les appelle tout de suite !

Son oncle et sa tante lui répondirent qu'ils seraient ravis de la voir et qu'ils l'attendaient.

Ariane alla prévenir son père, qui lavait sa voiture dans l'allée.

— Je dois aller chercher ta sœur à son entraînement d'athlétisme. Je peux te déposer au passage, si tu veux, proposa-t-il aussitôt.

— C'est gentil, papa, mais je préfère y aller à pied, répondit-elle.

Flamme aurait sûrement envie de gambader un peu.

Elle partit donc d'un bon pas, le chaton sur ses talons. Ils longèrent le parc, avant de tourner dans une ruelle qui les mena sur une avenue très commerçante. Son oncle et sa tante habitaient de l'autre côté.

Ariane ralentit et fouilla dans la poche de son jean à la recherche de quelques pièces de monnaie.

— J'ai envie d'une bouteille de soda et d'un paquet de chips.

Quatre silhouettes familières surgirent alors d'un magasin à quelques mètres devant elle.

Ses ennemies du parc !

Ariane voulut faire demi-tour. Trop tard ! Elles l'avaient repérée.

— Tiens, ça serait pas la morveuse à l'appareil photo ? s'écria la grande blonde, qui semblait être la meneuse de la bande.

— Regardez ! Elle se promène avec un chaton, aujourd'hui, s'exclama une autre fille, le doigt pointé sur Flamme.

Ariane sentit son cœur s'arrêter. Elles pouvaient voir le chaton ! Il avait oublié de se rendre invisible.

La blonde vint se camper devant Ariane et lui bloqua le passage, les poings sur les hanches.

— File-moi ton appareil ! ordonna-t-elle.

— Je... je ne peux pas, bégaya Ariane. Il n'est pas à moi.

— Très bien, dans ce cas, je prends ton chaton. Ça fait un bout de temps que j'avais envie d'un animal de compagnie !

Et, sans laisser à Ariane le temps de faire un

seul geste, elle se pencha et saisit Flamme brutalement à deux mains.

Le chaton poussa un miaulement de protestation et se tortilla pour se libérer, mais la fille le serra contre elle.

— Tiens-toi tranquille, sac à puces !

Flamme laissa échapper un cri de douleur tandis que sa queue fouettait l'air.

Ariane se jeta sur la blonde pour le délivrer.

— Lâche-le ! Tu lui fais mal !

— Eh, ne touche pas à ma copine ! protesta une autre fille en la poussant avec force.

Projetée violemment contre un mur, Ariane se cogna le genou. Mais elle sentit à peine la douleur tellement elle s'inquiétait pour Flamme. Elle allait se résoudre à leur donner l'appareil de son père lorsqu'elle se souvint de son argent de poche.

— Si tu me rends mon chat, je te donne tout ça, dit-elle.

Et elle sortit sa monnaie.

La blonde hésita une seconde, avant de lui coller le chaton dans les bras.

— Tiens, reprends ta boule de poils pouilleuse !

Elle lui arracha les pièces et fit signe à ses camarades de la suivre.

Tandis que la bande s'engouffrait dans une épicerie voisine, Ariane serra Flamme contre elle. Il tremblait de tous ses membres et son petit cœur battait la chamade.

— Tout va bien, le rassura-t-elle. Disparaissons avant que ces horribles filles ne reviennent.

Elle retint une grimace : une douleur atroce lui vrillait le genou. Refoulant ses larmes, elle s'éloigna en boitant.

Flamme lui passa ses petites pattes de devant autour du cou.

— Merci, Ariane. Tu as été très courageuse. Oh, mais tu t'es fait mal ! s'écria-t-il en s'apercevant qu'elle pleurait. Vite, entre dans cette allée, afin que personne ne nous voie !

Ariane fit ce qu'il demandait et s'appuya contre le mur pour ne pas tomber. Elle sentit un picotement familier lui parcourir le dos tandis que la fourrure chocolat de Flamme jetait des étincelles argentées. Il pointa la patte vers son genou et l'enveloppa d'un jet de paillettes roses. La douleur s'accrut une seconde puis disparut, comme aspirée.

— Merci, Flamme ! Je n'ai plus mal du tout, s'exclama joyeusement Ariane en lui embrassant le dessus de la tête.

— Je suis ravi d'avoir pu t'aider, ronronna-t-il.

— Je t'en prie, il faut absolument que tu penses à rester invisible, lui recommanda-t-elle. Surtout quand nous serons chez mon oncle et ma tante.

— Ariane ! Entre ! l'accueillit gaiement André Dufour, dix minutes plus tard. Tu es toute seule ?

— Oui, nous sommes... enfin, je suis venue à pied, répondit-elle en entrant dans le vestibule, avec Flamme dans son sac.

Son oncle l'observa en plissant les yeux.

— Tu vas bien, ma chérie ? Je te trouve un peu pâle.

Ariane n'était pas tout à fait remise de sa mauvaise rencontre : elle avait encore les jambes toutes molles.

— C'est parce que je meurs de soif. Je pourrais avoir un verre d'eau, s'il te plaît ?

— Bien sûr. Viens avec moi. J'ai tout ce qu'il faut.

Ariane le suivit dans la cuisine.

— Où est tante Annie ? demanda-t-elle en posant son sac par terre pour que Flamme puisse sortir un peu.

— Dans le jardin. Si tu allais lui dire bonjour ? J'apporte à boire pour tout le monde.

— Oh, oui, merci.

Ariane fit coulisser les grandes portes-fenêtres du patio et sortit dans le jardin avec le chaton.

— Tu vas adorer cet endroit, chuchota-t-elle alors qu'ils longeaient des bacs de fleurs orange vif et des massifs de plantes parfumées.

Une immense pelouse parsemée de trèfle mauve s'étendait devant eux. Avec un petit miaulement d'excitation, Flamme se lança à la poursuite d'un papillon qui voletait de fleur en fleur. Ariane sourit et continua son chemin. Elle aperçut sa tante à l'autre bout du jardin, devant une série de poteaux de différentes hauteurs, surmontés de petites plates-formes ou de minuscules maisonnettes, et reliés entre eux par des cordes. Ce devait être une nouvelle installation pour les oiseaux.

— Bonjour, tante Annie !

Sa tante l'accueillit avec un grand sourire.

— Bonjour, ma chérie. J'allais remplir ces mangeoires. Tu veux bien m'aider ?

— Avec plaisir, répondit Ariane en prenant un filet de cacahuètes pour l'accrocher. Vous devez avoir des milliers d'oiseaux.

— Peut-être pas autant ! répondit tante Annie avec un sourire amusé. Nous avons beaucoup de moineaux, de mésanges bleues, de roitelets, ainsi qu'une grande variété de pinsons. En revanche, ce nouveau système, que ton oncle vient juste de terminer, n'est pas pour eux.

— Pour qui, alors ?

— Pour des petits animaux assez rares qui chapardaient la nourriture des oiseaux depuis plus d'une semaine, expliqua sa tante sur un ton mystérieux. C'est juste un essai. Nous nous sommes dit que si nos nouveaux visiteurs avaient des mangeoires rien que pour eux, ils laisseraient peut-être les autres tranquilles.

— Et ça marche ?

— Tu vas pouvoir en juger. Ils nous rendent souvent visite à cette heure de l'après-midi.

— C'est vrai ? s'émerveilla Ariane.

Son imagination galopait. Qu'est-ce que ça pouvait bien être ?

— Ce sont des animaux échappés d'un zoo ? demanda-t-elle.

L'oncle André, qui les rejoignait, éclata de rire.

— Je ne pense pas. Oh ! les voilà !

— Regarde dans le prunier, ajouta tante Annie à voix basse.

Ariane vit deux petites bêtes sombres et agiles filer dans les branches. Elles dévalèrent le tronc, sautèrent dans l'herbe et foncèrent droit sur les nouvelles mangeoires.

Des écureuils ! Ariane fut aussitôt séduite par leurs yeux éveillés, leurs minuscules pattes et leur queue touffue. Elle n'en avait jamais vu de cette espèce : de la pointe des oreilles au bout de la queue, ils étaient noirs comme du charbon !

6

— Ils sont magnifiques ! s'extasia-t-elle en les regardant courir le long des cordes d'un piquet à l'autre, faire le tour des mangeoires, visiter les petites maisons et dévorer les friandises préparées à leur intention.

— N'est-ce pas ? ajouta oncle André. Ça fait plus d'une semaine qu'on les regarde faire leurs acrobaties ; ils se sont habitués à nous.

— Je croyais que les écureuils étaient gris ou

roux. Pourquoi ceux-ci sont-ils noirs ? s'étonna Ariane.

— Nous l'ignorons. C'est peut-être une question de gènes, répondit sa tante. Nous avons vu un jour un merle avec des plumes blanches sur la queue.

Ariane hocha la tête. Elle avait étudié la génétique en science et avait déjà observé des lapins et des souris albinos, à la fourrure blanche et aux yeux rouges.

— Je vais les prendre en photo.

Lentement, sans faire de gestes brusques, Ariane se penchait pour ramasser son sac à ses pieds quand elle se souvint qu'elle l'avait laissé à l'intérieur.

— Oh, non, j'ai posé mon sac dans la cuisine. Et j'ai peur que les écureuils ne s'enfuient si je vais le chercher.

— Ne t'inquiète pas, ils sont là tous les après-midi. Tu n'auras qu'à revenir demain.

— Tu pourrais même arriver un peu plus tôt pour te préparer, suggéra son oncle. Si tu te caches là-bas derrière, ajouta-t-il en montrant un buisson de fleurs roses, tu pourras prendre de superbes gros plans.

— Excellente idée ! jubila Ariane, impatiente d'être au lendemain.

Ils s'installèrent autour de la table du jardin et sa tante servit le thé. Flamme traversa la pelouse en sautillant et se lova sous sa chaise. Tout en se régalant de brioche et de gâteau au chocolat maison, Ariane glissa quelques miettes au chaton sans que personne la voie.

Après le goûter, son oncle et sa tante lui proposèrent de la raccompagner chez elle. Ariane accepta avec joie. Elle n'avait aucune envie de retomber sur les affreuses, surtout après la façon dont elles avaient traité Flamme.

Tandis qu'ils longeaient le parc, Ariane aperçut une voiture de police garée près de l'entrée. Et, sur le trottoir, elle reconnut ses quatre ennemies qui semblaient avoir des problèmes avec deux policiers. Une petite fille pleurait, tandis qu'une dame qui devait être sa mère criait, un doigt accusateur tendu vers les quatre pestes.

— Tu connais ces filles ? demanda oncle André en regardant Ariane dans son rétroviseur.

— Oui, et je m'en passerais bien, répondit-elle.

Elle se pencha vers Flamme qui était couché sur ses genoux.

— Je parie que la mère les a surprises en train de racketter sa fille et qu'elle a prévenu la police. C'est bien fait pour elles. Peut-être arrêteront-elles enfin d'embêter les autres !

— Je ne savais même pas qu'il existait des écureuils noirs ! Du coup, personne ne risque de présenter des photos de cette espèce, se réjouissait Ariane alors qu'elle ratissait le gazon tondu avec son père, le lendemain.

Elle adorait l'odeur de l'herbe coupée. Ça sentait l'été.

M. Dufour hocha la tête.

— En effet, c'est la première fois que j'en entends parler. J'ai hâte de les voir. Ta mère voudra sans doute venir, elle aussi. Et Claire ne fait pas de sport aujourd'hui, alors nous pourrons tous t'accompagner.

Ariane croisa les bras d'un air contrarié.

— Pourquoi fais-tu cette mine-là ? s'étonna-t-il.

— Comment veux-tu que j'arrive à les photographier avec vous tous qui allez galoper dans le jardin comme un troupeau d'éléphants ? Ils seront effrayés ! Et je n'ai pas envie d'écouter les conseils de Claire. Ça va m'énerver et je ferai tomber l'appareil comme l'autre jour aux Trois-Ét...

Ariane jeta un regard anxieux vers son père. Ouf! Il n'avait pas entendu. Il continuait à nettoyer sa tondeuse comme si de rien n'était.

— Oui, tu n'as peut-être pas tort, reconnut-il. Dans ce cas, je te déposerai de bonne heure et on te rejoindra tous un peu plus tard, qu'en dis-tu ?

— Ce serait parfait !

Sa mère leur cria que le déjeuner était prêt. Ariane et son père revinrent vers la maison bras dessus bras dessous.

— Tiens, Flamme. J'ai réussi à te préparer un bon repas, annonça gaiement Ariane en entrant dans sa chambre.

Mais elle ne vit aucune trace du chaton.

— Où es-tu ? Tu joues à cache-cache ? Allez, viens manger !

Elle posa le petit plat rempli de viande et regarda sous son lit, dans son placard puis derrière les rideaux. Toujours rien.

— Flamme ? appela-t-elle, soudain inquiète.

Un gémissement à peine audible parvint du lit. Ariane remarqua un renflement sous sa couette. Elle la souleva : seul le bout de la queue de Flamme dépassait de son oreiller.

— Qu'est-ce qui t'arrive ? Tu es malade ? demanda-t-elle en le caressant.

Elle sentit qu'il tremblait comme une feuille. Sa belle fourrure lui parut toute terne. Il leva vers elle des yeux angoissés.

— Je sens mes ennemis. Ils sont tout près, miaula-t-il, terrorisé.

Ariane retint un cri. Le moment qu'elle craignait tant était arrivé. Flamme courait un terrible danger. Mais il resterait peut-être avec elle si elle trouvait un moyen de l'aider.

— Je ne laisserai jamais ces horribles espions te faire du mal. Si j'allais te cacher dans le garage ? Tu pourrais aussi te tapir pendant quelques jours dans le jardin de ma tante et mon oncle...

— Non, c'est trop tard ! la coupa Flamme. Mais si je reste complètement immobile, ils passeront peut-être sans me repérer. Laisse-moi juste seul un moment, s'il te plaît.

— Bon… si tu insistes, murmura-t-elle d'une toute petite voix.

Elle reposa l'oreiller sur le chaton et remonta la couette pour le camoufler complètement. Elle avait très peur de perdre son ami, mais elle devait être forte et faire ce qu'il lui demandait.

— Ariane ! Tu es prête ? Papa sort la voiture !

l'appela Claire d'une voix impatiente du bas de l'escalier.

— J'arrive !

Elle attrapa son sac et descendit les marches, la gorge serrée. Pourvu que Flamme soit encore là quand elle reviendrait !

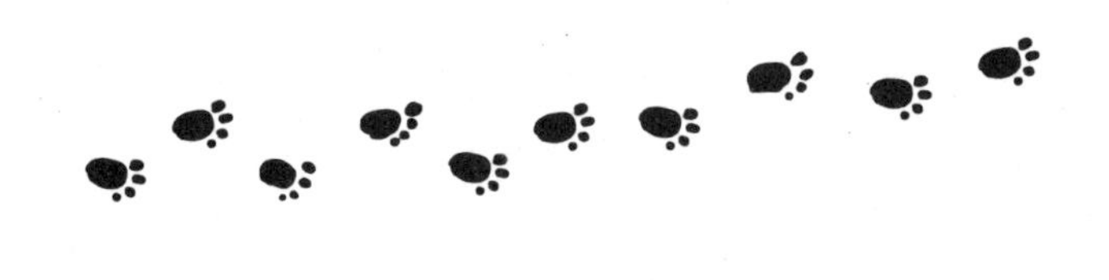

7

Ariane s'accroupit derrière le buisson. Elle avait une vue imprenable sur les mangeoires. Mais ce n'était pas aux écureuils qu'elle pensait, c'était à Flamme.

Soudain, elle entendit un froissement de feuilles dans le massif à côté d'elle et se força à se concentrer. Elle vérifia que son appareil était prêt. Cette fois, elle devait réussir ses photos à tout prix.

Des feuilles s'agitèrent dans le massif. Ariane retint son souffle, prête à appuyer sur le déclencheur dès l'apparition d'un petit animal.

Ils arrivaient ! Elle appuya sur le bouton. Mais, au lieu d'un écureuil noir, elle vit un joli nez rose taché de pollen, deux grands yeux d'émeraude et de minuscules oreilles marron et pointues. D'un bond, le chaton sauta du parterre de fleurs et atterrit sur le gazon devant elle.

— Flamme !

Ariane faillit éclater de rire tellement elle était contente de le voir.

— Tu es encore là ! Et je t'ai photographié !

Flamme se frotta contre ses jambes en ronronnant.

— Mes ennemis ne m'ont pas vu, cette fois-ci, mais, quand ils reviendront, je devrai partir tout de suite.

Cachée derrière le buisson, Ariane le souleva du sol pour le serrer dans ses bras.

— J'aurais parié avoir entendu les écureuils dans ce massif ! remarqua alors son oncle, de l'autre côté du buisson.

— Ce n'est pas possible. Ils descendent à peine du prunier, répondit sa tante.

Flamme sauta par terre. Ariane reprit son appareil et visa les écureuils qui venaient de bondir sur la pelouse et accouraient vers les mangeoires.

Clic ! Elle prit une photo alors qu'ils trottaient sur la corde. Clic ! Elle en prit une autre tandis que l'un d'eux s'asseyait en haut d'un poteau et prenait une cacahuète entre ses petites pattes. Un autre écureuil sauta d'un bond vers une maisonnette, sa queue touffue flottant derrière lui. Clic ! Clic !

— Ça y est, je commence à bien savoir me servir de mon appareil ! chuchota Ariane, ravie.

Les écureuils continuèrent à parcourir le circuit dans tous les sens pendant cinq bonnes minutes. Puis, ils choisirent chacun une grosse cacahuète et ils repartirent. Ariane continua à les mitrailler jusqu'à ce qu'ils aient disparu de l'autre côté de la clôture après avoir escaladé le prunier.

— Quelle chance ! jubila Ariane. Si je n'ai pas une bonne photo cette fois-ci, je jure de manger les baskets puantes de Claire !

Flamme lui jeta un regard inquiet.

— Je plaisante ! gloussa-t-elle.

Une semaine plus tard, Ariane tremblait d'angoisse et d'impatience tandis que son père se garait devant la salle des fêtes.

— C'est chouette qu'une de tes photos ait été sélectionnée ! remarqua-t-il fièrement. J'ai hâte de voir l'exposition.

— Moi aussi, j'ai du mal à le croire ! acquiesça Ariane.

— Tu m'étonnes ! C'est un vrai miracle ! se moqua Claire.

Ariane sourit. Sa sœur pouvait dire ce qu'elle voulait, elle n'arriverait pas à lui gâcher son plaisir !

La salle des fêtes était bondée. Ariane commença le tour de l'exposition avec Flamme dans son sac en bandoulière. Elle aperçut Max en compagnie de ses parents. Il se précipita vers elle.

— Ta photo est géniale ! Je suis sûr que tu vas gagner.

— Oui, je dois reconnaître qu'elle n'est pas mal !

C'était la photo de l'écureuil qui sautait en l'air. Elle était parfaitement cadrée et mettait en valeur sa magnifique fourrure noire et sa grosse queue touffue. Présentée dans un cadre brun fumé, elle était digne d'un professionnel.

Oncle André et tante Annie vinrent à leur tour encourager Ariane.

— Bonne chance à toi.

— Merci, répondit-elle avec un sourire radieux.

C'était la maire de la ville, très élégante dans son costume violet et avec sa lourde chaîne en or, qui devait choisir les photos gagnantes.

Ariane sentit son cœur s'emballer en la voyant étudier les clichés l'un après l'autre. Elle retint son souffle. La maire s'arrêta devant la photo avant la sienne et posa dessus une pastille jaune.

— Qu'est-ce que ça veut dire ? demanda Ariane à Max.

— Je crois que le jaune désigne le troisième prix, répondit-il. Pour le deuxième, c'est du bleu, et le premier, du rouge.

La maire s'immobilisa un long moment devant la photo d'Ariane puis repartit.

— C'est raté pour moi, soupira Ariane, un peu déçue. Il fait chaud, ici. Je vais sortir un moment. À tout à l'heure, Max !

— Tu devrais attendre encore un peu, miaula Flamme alors qu'Ariane s'engageait dans le long couloir bordé de nombreuses portes qui menait à la sortie. La maire peut changer d'avis.

— Surtout, n'en profite pas pour te servir de ta magie. Tu te souviens de ce que je t'ai dit sur la triche ?

— Oui, je me souv…

Flamme s'arrêta net.

Ariane, intriguée, mit la main dans son sac pour le caresser. Ses doigts ne rencontrèrent que du vide ! Flamme avait sauté par terre ! Elle le vit alors se glisser dans une pièce dont la porte était entrouverte. « RÉSERVE », lut-elle sur l'écriteau fixé sur le battant. Au même moment, elle entrevit deux impressionnantes silhouettes de félins qui scrutaient les pièces l'une après l'autre.

Les ennemis de Flamme l'avaient retrouvé !

Affolée, Ariane se précipita dans la réserve pour le prévenir.

Un éclair l'aveugla un bref instant. Elle cligna des yeux et aperçut, devant une pile de chaises, un lionceau blanc avec des milliers de minuscules étincelles qui brillaient dans sa fourrure soyeuse.

Le prince Flamme ! Le chaton angora marron avait quitté son déguisement. Ariane avait oublié à quel point il était magnifique sous sa forme véritable.

Un vieux lion gris au regard bienveillant se tenait près de lui.

— Nous devons partir, mon prince, le pressa-t-il.

— Au revoir, Flamme. Je ne t'oublierai jamais, murmura Ariane en sanglotant.

Le prince Flamme hocha tristement la tête.

— Tu as été une véritable amie, Ariane.

Refoulant ses larmes, elle se précipita pour le serrer dans ses bras.

Il se laissa embrasser puis recula d'un pas.

— Prends soin de toi, Ariane. Sois forte, dit-il de sa voix de velours.

Elle agita la main.

Une nouvelle nuée d'étincelles argentées

explosa au-dessus de leurs têtes. Elles demeurèrent quelques secondes en suspension dans l'air. Quand elles se dissipèrent, les deux lions s'estompèrent et disparurent.

Ariane entendit un rugissement de rage. Elle se retourna au moment où deux silhouettes terrifiantes franchissaient la porte et s'évanouissaient à leur tour. Elle resta pétrifiée, le cœur battant à tout rompre.

Quel soulagement de savoir Flamme en sécurité, mais comme il allait lui manquer !

Elle glissa sa main dans la poche de son jean et en sortit la photo du chaton bondissant du massif de fleurs. On ne voyait qu'un vague scintillement en forme de lionceau. On aurait presque cru une illusion d'optique. Mais Ariane savait que c'était Flamme.

Ce souvenir lui rappellerait toujours les moments merveilleux qu'elle avait partagés avec ce chaton magique.

— Ariane ? Où es-tu ? l'appela Max.

Il la saisit par le bras quand elle sortit de la réserve.

— Tu as gagné ! Viens vite ! La maire vient de mettre une pastille rouge sur ton chef-d'œuvre !

— C'est vrai ?

Ariane s'essuya les yeux et, avec un petit sourire, glissa la précieuse photo de Flamme dans sa poche. Puis elle suivit Max en courant.

Les chatons magiques

Une jolie surprise

Flamme doit trouver une nouvelle amie !

Lisa s'ennuie chez sa tante à la campagne. L'arrivée d'un adorable chaton angora roux va redonner des couleurs à son été...

Les chatons magiques

Une aide bien précieuse

Flamme doit trouver une nouvelle amie !

Soudain la solitude de Camille, au pensionnat, se trouve illuminée par l'apparition d'un adorable chaton angora noir et blanc, doté de pouvoirs magiques...

Les chatons magiques

Dans la même collection

1. *Une jolie surprise*
2. *Une aide bien précieuse*
3. *Entre chats*
4. *Chamailleries*
5. *En danger*
6. *Au cirque*
7. *À l'école de danse*
8. *Au concours d'équitation*
9. *Vagues de paillettes*
10. *Vacances enchantées*
11. *Pluie d'étincelles*
12. *De toutes petites pattes*
14. *À la piscine*

Collector (tomes 1 à 4)

Ouvrage composé par
PCA - 44400 REZÉ

Cet ouvrage a été imprimé
en Espagne par

Industria Grafica Cayfosa
(Impresia Iberica)

Dépôt légal : février 2010
Suite du premier tirage : décembre 2014

Pocket Jeunesse, une marque d'Univers Poche,
est un éditeur qui s'engage pour
la préservation de son environnement
et qui utilise du papier fabriqué à partir
de bois provenant de forêts gérées
de manière responsable.

12, avenue d'Italie - 75627 PARIS Cedex 13